诗歌中的北京

张莉 主编

北 京 出 版 集 团
北京十月文艺出版社

图书在版编目 (CIP) 数据

诗歌中的北京 / 张莉主编. -- 北京 : 北京十月文艺出版社，2024. 9. -- ISBN 978-7-5302-2408-3

I. I227

中国国家版本馆CIP数据核字第2024SK5815号

诗歌中的北京
SHIGE ZHONG DE BEIJING
张莉　主编

出　　版　北京出版集团
　　　　　北京十月文艺出版社
地　　址　北京北三环中路6号
邮　　编　100120
网　　址　www.bph.com.cn
发　　行　新经典发行有限公司
　　　　　电话 010-68423599
经　　销　新华书店
印　　刷　北京盛通印刷股份有限公司
版　　次　2024年9月第1版
印　　次　2024年9月第1次印刷
开　　本　850毫米×1168毫米　1/32
印　　张　7.5
字　　数　90千字
书　　号　ISBN 978-7-5302-2408-3
定　　价　48.00元
如有印装质量问题，由本社负责调换
质量监督电话　010-58572393

总序：百年文学中的北京

张　莉

“百年文学中的北京”是一套紧贴北京的文学作品集，它致力于收录百年来一代代作家笔下的北京故事、北京声音和北京风景，展现新的北京气象与北京风貌。本套图书由《小说中的北京》《散文中的北京》《诗歌中的北京》三种五册组成。其中,《小说中的北京》以“京城风景”“北京故事”“新北京人”为副标题分为三册，共收录中短篇小说四十七篇；《散文中的北京》收录散文作品二十七篇;《诗歌中的北京》则收录了六十位诗人的诗作。所收录的作品遵循生动、鲜活、好看、常读常新的原则，努力做到兼容并包，丰富多样，既有深入人心的经典作品，也有广受关注的新锐佳作。

如果说百年文学史是奔流不息的长河，那么《小说中的北京》所展现的是与北京有关的鲜活人物与故事，那是属于长河的浩荡与旖旎;《散文中的北京》收录的是有声有色、有趣有味的北京风情与风物，那是属于长河的波涛、海浪与猎猎风声;《诗歌中的北京》所收录的则是北京的诗情与诗意，是长河的气息、浪花与粼粼波光。无论是小说、散文还是诗歌，我们都能从中领略北京的百年风貌，品味不同时代作家对北京生活的书写和理解。

阅读“百年文学中的北京”的过程，是重新领略“北京为何如此迷人”的旅程。我们会深刻认识到，北京是有着深厚传统和文化底蕴的古城，但同时也是国际化的现代都市，新时代的风带来新的氧气，也带来新的生机，今天的北京越来越充满活力，这座城市孕育着无限可能。北京为一代代作家提供了丰厚的创作滋养，作家们则以笔墨建设着它的诗情、它的文心、它的文学气度、它的文学气象。“百年文学中的北京”，见证着北京一路繁荣、一路盛景。

北京为何如此迷人？答案就在这百年小说、百年散文、百年诗歌中。

要特别说明的是，编纂“百年文学中的北京”的三年多来，我深刻意识到，书写北京的文学作品数量庞杂而编选篇幅却总是有限的，作为编者的遗珠之憾终究无法避免。好在，关于北京的书写是“正在进行时”，那么，编纂北京文学作品的工作也势必永无止境。同时，我也期待更多同行参与到这项工作中来，不断摸索、开拓，将更多优秀的北京文学作品纳入视野，共同助力北京文学的蓬勃发展。

作为“北京老舍文学院导师讲义书库”，“百年文学中的北京”获得了北京市文联文学艺术创作扶持专项资金的资助，感谢北京文联陈宁书记、老舍文学院周敏老师的帮助与信任，这些帮助与信任是我编纂此书最坚实的保证。感谢北京十月文艺出版社韩敬群先生和李婧婧女士的出版统筹工作，没有他们的敬业与耐心，就没有这套图书的如期出版。感谢我的研究生团队，作为新一代研究者，他们文学触觉敏锐、视野开阔且深具行动力，和他们在不同场合的讨论推动了本书编选工作的顺利展开。

北京为何令人难忘

——《诗歌中的北京》序言

张　莉

《诗歌中的北京》致力于呈现不同时代诗人对于北京生活的书写，带领读者朋友们一起领略百年北京的诗意瞬间。从沈尹默、胡适、刘半农、康白情、傅斯年、徐志摩、废名、朱湘、林徽因、卞之琳、冯至开始，直至80后、90后新锐诗人，《诗歌中的北京》收录了六十位诗人关于北京的诗歌佳作，有关于北京历史的遐想，时代变迁的感悟，也有关于个人心境的内省与沉思。读这些诗作，有如和诗人在百年时空中穿行，在仲夏什刹海的清晨，在云淡天高的晚秋，在北京古司天台下，在王府井、在颐和园、在东四十条、在新街口、在八大处、在怀柔，在国家大剧院、在中国美术馆、在皮村、在胡同里的菜市场、在地铁五号线上、在打工间隙……我们和诗人们共同感受那些期许、悸动、忧伤、欢笑和向往。

一代人有一代人的文学，一代人有一代人的“诗心”。为方便阅读，我将这六十篇诗作按作家年龄及作品发表年代分为“古城春景”“北京深秋的晚上”“西山如隐”“他在北京的清晨独自醒来”四辑。第一辑“古城春景”收录的是新诗初创时期诗人们写下的诗篇，面对时代的变迁，诗人们写下古城四季的自然更迭，也写下改天换地的新风景；第二辑“北京深秋的晚上”收录20世纪20年代到50年代出生的诗人的作品，这些作品承载着诗人关于现代化都市的文化想象；

第三辑“西山如隐”则收录的是20世纪50年代至60年代出生的诗人的诗作，对于行进在高速发展道路上的北京，诗人们写下了新的感受与遐想；第四辑“他在北京的清晨独自醒来”则收录了70后、80后、90后诗人的作品，面对全球化时代的到来，更为年轻的一代诗人写下这座大城市里的世相百态和人生片段。

读这些诗作，会感受到不同代际诗人写作风格的迥异，也让我多次想到老舍先生在《想北平》里的感叹：“我所爱的北平不是枝枝节节的一些什么，而是整个儿与我的心灵相粘合的一段历史，一大块地方，多少风景名胜，从雨后什刹海的蜻蜓一直到我梦里的玉泉山的塔影，都积凑到一块，每一小的事件中有个我，我的每一思念中有个北平，这只有说不出而已。”其实，百年来的诗人们都在用他们的诗意笔法努力写出那个“说不出”——虽然这些诗作风格和审美追求并不相同，但却都在抒写一种思念、一种怀想、一种内省；都在写下这座大城的古老幽静、现代繁华，也写下它的新锐先锋、朴素日常。——这一个个有关北京的诗意瞬间，最终汇聚成的是“北京为何令人难忘”。

感谢郑祖龙、谭镜汝、查苏娜、万小川四位同学撰写的背景介绍，这是新一代青年对于诗歌的理解与感受。尤其感谢郑祖龙同学的工作，作为工作助手，他的协调和统筹减轻了我的工作负担。感谢北京十月文艺出版社总编辑韩敬群先生和责任编辑李婧婧、田宏林女士的工作，没有他们的努力，就没有这本书的出版。

2024 年 8 月 10 日

目　录

第一辑　古城春景

第二辑　北京深秋的晚上

第三辑　西山如隐

第四辑　他在北京的清晨独自醒来

第一辑　古城春景

公园里的“二月蓝”

沈尹默

牡丹过了，接着又开了几栏红芍药。

路旁边的二月蓝，仍旧满地的开着；

开了满地，没甚稀奇，大家都说这是乡下人看的。

我来看芍药，也看二月蓝；

在社稷坛里几百年老松柏的面前，

露出了乡下人的破绽。

本篇发表于《新青年》1918年第5卷第1期。选自《沈尹默诗词集》，书目文献出版社1983年版。

鸽　子

胡　适

云淡天高，好一片晚秋天气！

有一群鸽子，在空中游戏。

看他们三三两两，

回环来往，

夷犹如意，——

忽地里，翻身映日，白羽衬青天，十分鲜丽！

本篇发表于《新青年》1918年第4卷第1期。选自胡适白话诗集《尝试集》，人民文学出版社2020年版。

桂

刘半农

半夜里起了暴风雷雨，

我从梦中惊醒，

便想到我那小院子里，

有一株正在开花的桂树。

它正开着金黄色的花，

我为它牵记得好苦。

但是辗转思量，

终于是没法儿处置。

明天起来，

雨还没住。

桂树随风摇头，

洒下一滴滴的冷雨。

院子里积了半尺高的水，

混和着墨黑的泥。

金黄的桂花，

便浮在这黑水上，

慢慢的向阴沟中流去。

1919年9月3日，北京

本篇发表于《新青年》1920年第7卷第2期。选自刘半农诗集《扬鞭集》，中国文联出版公司1998年版。

自　得

康白情

中夏什刹海底清晨
是一组复杂的音乐，
是一幅活的画。

铁嘴儿飞着叽哩呱喇地叫。
鹌鹑儿对对地跟着，唧的一声，又投向芦苇里去了。
白的小蝴蝶儿端在空中飘着惹燕子。
柳阴里露出几栏遮不住底红楼，
一根挑子在楼下走着叫白菜。
满担底绿桃子红李子在一家屋檐下搁着。

卖东西的却坐在一块青石磴上打瞌睡。

侧边又有一个斑白的老头子，一针一针地坐在阶级
　上补他春天底破棉袄。

檐上底老乌呱的一声，

他举头看了一眼湖里底红藕。

沟里有些鱼儿跳出水来晒肚皮，

——卷出水红色的白肚皮——

碧水一井，又振起一个圈儿。

忽然飞来一只白鹭夹了一尾去了。

荷叶吹了些清香出来。

西山从屋顶上露了些黛晕出来。

白云在蓝空里随意浮动。

军警弹压处底五色旗晒在红楼边底篾棚下浪着。

隔岸一个打赤膊的，叽嘎叽嘎地推过满车白亮亮的冰。……

一组复杂的音乐，

一幅活的画，

尽在中夏什刹海底清晨里。

6月22日

本篇发表于《晨报副刊》1920年6月25日。选自康白情诗集《中国新诗经典·草儿》，浙江文艺出版社1997年版。

深秋永定门城上晚景

傅斯年

我同两个朋友，

　　一齐上了永定门西城头。

这城墙外面，紧贴着一湾碧青的流水；

　　多少棵树，装点成多少顷的田畴。

里面漫弥的芦苇，

　　镶出几重曲折的小路，几堆土垄，几处僧舍，

　　陶然亭，龙泉寺，鹦鹉丘。

城下枕着水沟，

　　里外通流。

最可爱，这田间，

看不到村落，也不见炊烟；

只有两三房屋，半藏半露，影捉捉在树里边，

虽然是一片平衍，

树上却显出无穷的景色，

树里也含着不尽的境界，

丛错，深秀，回环。

那树边，地边，天边，

如云，如水，如烟，

望不断——一线。

忽地里扑喇喇一响，

一个野鸭飞去水塘。

仿佛像大车音波，漫漫的工——东——当。

又有种说不出的声息若续若不响，

转眼西看，

　　日已临山。

起出时离山尚差一竿。

　　渐渐的去山不远；

　　一会儿山顶上只剩火球一线；

　　忽然间全不见。

这时节反射的红光上翻。

山那边，冈峦也是云霞，云霞也是冈峦；

　　层层叠叠一片，

　　费尽了千里眼。

山这边，红烟含着青烟，

　　青烟含着红烟，

　　一齐的微微动转，

似明似暗：

山色似见似不见；

描不出的层次和新鲜。

只可惜这舍不得的秋郊晚景，昏昏沉沉的暗淡；

眼光的圈，匆匆缩短。

树烟和山烟，远景带近景，一块儿化做浓团。

回身北望，

满眼的渺茫；

白苇渐渐成黄苇；青塘渐渐变黑塘。

任凭他一草一木；都带着萎黄——颓唐，——模糊模样。

远远几处红楼顶，几缕天灶烟，正是吵闹场，繁华地方；

更显得这里孤伶凄怆。

荒旷气象，

城外比不上它苍凉。

本篇发表于《新潮》1919年第1卷第2号。选自《傅斯年全集　第一卷》，湖南教育出版社2003年版。

石虎胡同七号[①]

徐志摩

我们的小园庭，有时荡漾着无限温柔；

善笑的藤娘，袒酥怀任团团的柿掌绸缪，

百尺的槐翁，在微风中俯身将棠姑抱搂，

黄狗在篱边，守候睡熟的珀儿，它的小友，

小雀儿新制求婚的艳曲，在媚唱无休——

我们的小园庭，有时荡漾着无限温柔。

① 1923年，徐志摩开始在松坡图书馆担任外文部英文秘书。——《徐志摩年谱》载："石虎胡同七号松坡图书馆第二馆（专藏外文书籍）服务，协助处理英文函件。"

我们的小园庭，有时淡描着依稀的梦景；

雨过的苍茫与满庭荫绿，织成无声幽冥，

小蛙独坐在残兰的胸前，听隔院蚓鸣，

一片化不尽的雨云，倦展在老槐树顶，

掠檐前作圆形的舞旋，是蝙蝠，还是蜻蜓？——

我们的小园庭，有时淡描着依稀的梦景。

我们的小园庭，有时轻喟着一声奈何；

奈何在暴雨时，雨槌下捣烂鲜红无数，

奈何在新秋时，未凋的青叶惆怅地辞树，

奈何在深夜里，月儿乘云艇归去，西墙已度，

远巷薤露的乐音，一阵阵被冷风吹过——

我们的小园庭，有时轻喟着一声奈何。

我们的小园庭，有时沉浸在快乐之中；

雨后的黄昏，满院只美荫，清香与凉风，

大量的蹇翁，巨樽在手，蹇足直指天空，

一斤，两斤，杯底喝尽，满怀酒欢，满面酒红，

连珠的笑响中，浮沉着神仙似的酒翁——

我们的小园庭，有时沉浸在快乐之中。

1923年7月

本篇发表于《文学周报》1923年8月6日第82期。选自《徐志摩诗全集》，新世界出版社2014年版。

街上的声音

废　名

街上的声音，

不是风的声音——

小孩子说是打糖锣的。

风的声音，

不是宇宙的声音——

小孩子说是打糖锣的。

小孩子，

风的声音给你做一个玩具罢，

街上的声音是宇宙的声音。

本篇发表于《平明日报·星期艺文》1947年3月2日第10期。选自《废名集（第三卷）》，北京大学出版社2009年版。

那夏天

朱　湘

你莫忘了那夏天，连大地
　　都浑身闷热的时光；
你莫忘了路边的那老栗，
　　为了你他洒下荫凉。

离开他你去了——天真，美丽，
　　你穿着贴肉的衣裳——
离开了他，你上前去寻觅，
　　池水边的一圈刺蔷。

未离开的时候——你须忘记——

　　有毛虫跌落在鞋旁……

听每天的午钟，你莫忘记，

　　那夏天的一树风凉！

本篇选自《朱湘全集　诗歌卷》，安徽文艺出版社2017年版。

你是人间的四月天

——一句爱的赞颂

林徽因

我说你是人间的四月天；

笑响点亮了四面风；轻灵

在春的光艳中交舞着变。

你是四月早天里的云烟，

黄昏吹着风的软，星子在

无意中闪，细雨点洒在花前。

那轻，那娉婷，你是，鲜妍

百花的冠冕你戴着，你是
天真，庄严，你是夜夜的月圆。

雪化后那片鹅黄，你像；新鲜
初放芽的绿，你是；柔嫩喜悦
水光浮动着你梦期待中白莲。

你是一树一树的花开，是燕
在梁间呢喃，——你是爱，是暖，
是希望[①]，你是人间的四月天！

本篇发表于《学文》1934年5月第1卷第1期。
选自《林徽因全集》，新世界出版社2012年版。

---

① 作者后来将“是希望”改作“是诗的一篇”。

西长安街

卞之琳

长的是斜斜的淡淡的影子，

枯树的，树下走着的老人的

和老人撑着的手杖的影子，

都在墙上，晚照里的红墙上，

红墙也很长，墙外的蓝天，

北方的蓝天也很长，很长。

啊！老人，这道儿你一定

觉得是长的，这冬天的日子

也觉得长吧？是的，我相信。

看，我也走近来了，真不妨

一路谈谈话儿，谈谈话儿呢。

可是我们却一声不响，

只是跟着各人的影子

走着，走着……[1]

走了多少年了，

这些影子，这些长影子？

前进又前进，又前进又前进，

到了旷野上，开出长城去？

仿佛有马号，一大队骑兵

在前进，面对着一大轮朝阳，

朝阳是每个人的红脸，马蹄

① 第一段作于两年前初冬，本独立为一首，留此续作前，作为回忆。

扬起了金尘，十丈高，二十丈——

什么也没有，我依然在街边，

也不见旧日的老人，两三个

黄衣兵站在一个大门前

（这是司令部？从前的什么府？）

他们像墓碑直立在那里，

不作声，不谈话，还思念乡土，

东北天底下的乡土？一定的！

可是这时候想也是徒然，

纵然想起这时候敌人的

几匹战马到家园的井旁

去喝水了，这时候一群家鸡

到高粱田里去彷徨了，也想

哪儿是暂时的住家呢。拍拍！

什么？枪声！打哪儿来的？

土枪声！自家的！不怕，不怕！……

可是蟋蟀声早已浸透了

青纱帐，青纱帐早已褪色了！

你想吗，一点用处也没有了！

明天再想吧，这时候只好

不作声，不谈话。低下头来吧。

看汽车掠过长街的柏油道，

多“摩登”，多舒服！尽管威风

可哪儿比得上从前的大旗

红日下展出满脸的笑容！

如果不相信，可以问前头

那三座大红门，如今怅望着

秋阳了。

唔，夕阳下我有

一个老朋友，他是在一所

更古老的城里，这时候怎样了？

说不定从一条荒街上走过，

伴着斜斜的淡淡的长影子？

告诉我你新到长安的印象吧，

（我身边仿佛有你的影子）

朋友，我们不要学老人，

谈谈话儿吧。……

1930年9月11日

本篇发表、收录于卞之琳诗集《十年诗草》。选自《卞之琳文集》，安徽教育出版社2002年版。

我们的西郊[①]

冯　至

我们的西郊天天在改变，

随时都变出来新的形象。

不久以前，遍地是荒坟，

今天是高楼，晚上灯光明亮。

西郊的妇女多少年来

穿惯了全身补绽的衣裳，

不知什么时候忽然开始

---

① 初收《西郊集》，后曾编入《十年诗抄》《冯至诗选》《冯至选集》。此据《冯至选集》编入。——原书编者注

新衣上有这么多新鲜花样。

旧日的西郊公园冷冷清清，
禽兽也在饥饿里死亡，
而今公园里沸腾着欢声，
都来看越南的、印度的大象。

公路一天比一天显出狭窄，
再也容不下来往的车辆，
它向旁边的空地请求分担，
旁边就有一条新的公路生长。

从前有过一个天真的诗人[①]，

① 指英国诗人威廉·布莱克（William Blake）。——作者注

要从一朵野花里看见天堂；
一朵野花的确很美好，
但是他的天堂未免太渺茫。

我们却从这天天生长的西郊，
看见了祖国从首都到边疆
在千千万万劳动者的手里
转变成幸福的地上的天堂。

1953年6月28日，北京西郊

本篇发表于《人民文学》1953年7—8月号。选自《冯至全集（第二卷）》，河北教育出版社1999年版。

背景介绍

北京是五四新文化运动以来，百余年中国诗歌发展进程中重要的文化空间，它见证了许多杰出诗人的诞生，是许多诗作书写的发生地。诗人们以各自的方式观察这座城市，由胡同街角到皇城宫苑，他们的文字定格下北京的四时景象和对这座城市古老过往和历史的想象。

《诗歌中的北京》第一辑收录的作品来自民国时期的诗人们。他们是白话新诗最早的一批创作者。20世纪初的北京城，旧城墙和道路遭遇拆除，汽车行驶在新铺设的现代街道上，以往的宫苑禁地如北海、天坛、社稷坛等都被改造为公园，向普通民众开放。在新诗草创者胡适、沈尹默等人的眼中，北京正发生着新与旧的碰撞：沈尹默在《公园里的“二月蓝”》中书写赏花见闻，鲜艳夺目的红芍药与路边遍地生长、无人问津的二月蓝形成对照，这首简短、节制的诗篇中包含着诗人对审美与情趣、差异与平等的思索，也暗含着对“公园”作为一种生活方式的独特思考。创作于1918年的《鸽子》中，胡适则书写了北京的晚秋，鸽群飞过空中，“翻身映日，白羽衬青天”，他抓取、记录下这座城市的古朴气质。傅斯年的《深秋永定门城上晚景》则写到站立城头眺望近郊，北京的草木山色笼罩在薄暮夕照中，秋郊晚景内蕴着城市的浩大与气韵。

刘半农和康白情的诗篇，写下了北京的旧式日常生活。刘半农在《桂》里对夏日暴雨中院落的金黄桂花纷纷飘落的场景的书写，展现了诗人对美好事物难以保存的可惜之情。康白情的《自得》则记录着中夏什刹海清晨的生动图景，他以语言为画笔，延展着早期新诗对日常生活的速写能力，亦描摹着古老北京的市井生气。

西单牌楼的松坡图书馆曾是徐志摩供职所在之地，写于1923年的《石虎胡同七号》便是对诗人在此地工作和生活的书写。“荡漾着无限温柔”的庭院，缠绕着藤蔓的柿子树，微风轻拂中的槐树与海棠，落雨或黄昏的院中景象都被包裹在诗人温馨、抒情与拟人化的语词中，他由此留下充满人情味、温暖的胡同生活侧写。天气也是诗人们关注的对象。林徽因在名篇《你是人间的四月天》中写下北平“四月天”，微风、云烟、雪融、花开，这一切美好天气景象，也被诗人用于比拟抒情对象的情态。而朱湘在

《那夏天》中则描绘了北京炎炎夏日的景象，诗篇考究的音律韵脚，使“浑身闷热的时光”中也泛起情趣，那“夏天的一树风凉”尤其生动，令人难忘。

行至20世纪30年代，在受到现代主义影响的废名等诗人的创作中，一方面，他们不再关注日常生活的表象，而是通过想象制造与日常现实的距离。在《街上的声音》中，废名由“打糖锣”的市声，联想、演进到风和“宇宙的声音”，北平的街市便被诗人置于宇宙中，获得了神秘与空阔的想象图景。另一方面，诗人们漫步于北平城中，感受着古老建筑的阔大与颓败，在满遭风沙侵蚀的城墙上发现了旧时代的恢宏壮丽，他们关注这座城市的精神结构和文化底蕴。卞之琳的《西长安街》是他深入书写北平街头郊外的尝试，由西长安街上的一段“谈话”

牵连起对这条北京主干道的古今想象。卞之琳以口语化和复沓回环的语调，在意识和对话中展开长途跋涉，留下了对旧京的剪影式书写。

从新诗初创时期便开始写作的冯至，直到新中国成立初期才写下许多有关北京的诗篇，《我们的西郊》便是其一。面对建设中的北京西郊，诗人由衷感叹“天天在改变，/随时都变出来新的形象”。他赞美劳动者打造地上天堂的努力，诗篇中洋溢着诗人面对北京建设时的积极情绪，赋予了北京城市形象新的生机与活力。在这座充满变革的城市里，诗人们记录着它的历史与现实，书写着过往与未来，而随着北京于时代浪潮奔涌，它也召唤着更多诗人不断为这座城市的精神气质、文化底蕴和生活样态赋形。

——郑祖龙

第二辑　北京深秋的晚上

广场前的冥想

郑　敏

母亲，从你的胸口踏过无数的脚步，

那雪夜里呜咽的脚步，是

人力车夫，他挣扎着

回到没有归宿的归宿。

那年轻的愤怒的脚步是

第一次打开闸门的孩子们，

他们给古老的土地进行了灌溉。

那整齐而兴奋的脚步，是

建立起希望之国的人们，

那脚步声还会再来，

谁能忘记一个春天带来的
愤怒、急躁、痛苦、反抗？……

母亲，你用慈爱的心
倾听着每一次的脚步声，
也许会有新的节奏，新的弹力，
新的愿望，新的震波，
从你的胸前传出。
只有死亡才带来寂静，
甚至那样，也会有吃奶的孩子，
在你的胸前学步。

1981年6月10日

本篇选自郑敏诗集《寻觅集》，四川文艺出版社1986年版。

北京（玉带桥）

谢　冕

趁着晚凉

游艇驶向玉带桥

你的黑色的裙裾在轻轻拂动

荷花和芦荟[1]

捧起了玉带桥

仿佛彩色的云

---

① 芦荟疑应为芦苇。——原书编者注

映衬着洁白的长虹

这时节

玉泉塔影沉思在一抹斜阳之中

而且

还有无尽的蛙鸣

你轻轻地说

你拣回了失落在水乡的

童年的梦影

然而，什么时候呢

我们能够并肩站在玉带桥下

寻找那失落在花香与蛙鸣中的

我们那又幸福又凄凉的

轻轻的喟叹呢

1971年4月15—18日

本篇选自谢冕诗集《爱简》，北京大学出版社2022年版。

北京古司天台下

任洪渊

古城。落日。断城上古老的青铜仪在越来越暗的暮色里望着也问着越来越黑的天空。

1966年8月，一个苍茫的黄昏，我来台下翘望。

这就是观过数百年阴晴动静的地方
我独自来问取未来天时的预兆
一段废城
倒在斜阳

站在这里，星空

也锈蚀了太高的肩膀

无边的宁静

悸动在胸膛

明天的天空重复昨天的天空

太阳已老

风云仍小

一声千年前的鸟啼，早已

黄昏了今天

今天的黄昏这样长

我来问天，在这向天下告警的地方

我站成长长的黑影

穿过黄昏

眼里是黎明的夕阳

把喉咙震破把心震碎吧

回应那声天倾地覆的巨响

1966年

本篇选自《任洪渊全集：诗歌卷·第三个眼神》，江苏凤凰文艺出版社2022年版。

这是四点零八分的北京

食　指

这是四点零八分的北京
一片手的海浪翻动
这是四点零八分的北京
一声尖厉的汽笛长鸣

北京车站高大的建筑
突然一阵剧烈的抖动
我吃惊地望着窗外
不知发生了什么事情

我的心骤然一阵疼痛，一定是

妈妈缀扣子的针线穿透了我的心胸

这时，我的心变成了一只风筝

风筝的线绳就在妈妈的手中

线绳绷得太紧了，就要扯断了

我不得不把头探出车厢的窗棂

直到这时，直到这个时候

我才明白发生了什么事情

——一阵阵告别的声浪

就要卷走车站

北京在我的脚下

已经缓缓地移动

我再次向北京挥动手臂

想一把抓住她的衣领

对她亲热地大声叫喊：

永远记着我，妈妈啊北京

终于抓住了什么东西

管他是谁的手，不能松

因为这是我的北京

这是我的最后的北京

1968年12月20日　杏花村

本篇选自《相信未来——食指诗选》，江苏凤凰文艺出版社2016年版。

北京深秋的晚上

舒　婷

一

夜，漫过路灯的警戒线

去扑灭群星

风跟踪而来，震动了每一株杨树

发出潮水般的喧响

我们去吧

去争夺天空

或者做一小片叶子

回应森林的歌唱

二

我不怕在你面前显得弱小

让高速的车阵

把城市的庄严挤垮吧

世界在你的肩后

有一个安全的空隙

车灯戳穿的夜

桔红色的地平线上

我们很孤寂

然而正是我单薄的影子

和你站在一起

三

当你仅仅是你

我仅仅是我的时候

我们争吵

我们和好

一对古怪的朋友

当你不再是你

我不再是我的时候

我们的手臂之间

没有熔点

没有缺口

四

假如没有你

假如不是异乡

　　微雨、落叶、足响

假如不必解释

假如不用设防

　　路柱、横线、交通棒

假如不见面

假如见面能遗忘

　　寂静、阴影、悠长

五

我感觉到：这一刻

正在慢慢消逝

成为往事

成为记忆

你闪耀不定的微笑

浮动在

一层层的泪水里

我感觉到：今夜和明夜

隔着长长的一生

心和心，要跋涉多少岁月

才能在世界那头相聚

我想请求你

站一站。路灯下

我只默默背过脸去

六

夜色在你身后合拢

你走向星空

成为一个无解的谜

一颗冰凉的泪点

挂在“永恒”的脸上

躲在我残存的梦中

1979年12月

本篇选自《舒婷的诗》，人民文学出版社1994年版。

王府井—颐和园

杨　炼

一阵风就吹裂春水　哪怕它绿遍千载

投井妃子的一颗颗珠宝嵌着媚态

漂流的湖面上　毒酒又斟满了玉杯

皇帝被一扇比丝还软的虚词屏风隔开

囚死之美太优雅　太贵　太颓废

公子哥儿用一个手势输给奴才

泥地上跪出的小坑渗漏嫩嫩的膝盖

风声依次把一盏盏宫灯掐灭

从东华门出去　梅兰芳窈窕的尾音

甩着他　前朝的海棠花和柏树林

沿着红砖墙的平行线为倾圮押韵

按下快门就是世纪　照片上的鬼魂

眨眼　吸走浸湿每个光圈的阴

历史的导游图错开一步　淫艳如内心

倒扣一只乌鸦抵消的不真实的人群

从神武门出去　小贩叫卖着黄昏

一只金丝雀藏在体内的音叉　惊动

湖岸的曲线　荷花的睡意　知春亭

换一艘炮舰（谁写的？）该庆幸风铃

航程更远　垂柳的弦乐拂去海浪的冷

太后　办了敢阻挡玉如意的　倘若可能

也在子宫里办了他　罚那假象牙的天空

隐身的鸟爪在灰蒙蒙水面上邀请

他的柳絮迎向另一个时间　疾掠匆匆

本篇选自《杨炼创作总集1978—2015　卷五　叙事诗——空间七殇》，华东师范大学出版社2018年版。

胡同拓宽了就成街

阿　坚

老外走进胡同就像进了迷宫

要的就是迷，以为迷在古迹里呢

老北京没这多感觉，压根习惯了

胡同的老房若不拆还坚持不塌

修修补补照样娶小媳妇过大年

可胡同年年少，北京地图总过时

总听说哪儿又建了新楼新商业街

就没有哪儿又修了条新胡同的

四合院一拆，新楼就把过去埋了

在大方楼壳里每家分一小格

舒展的庭院微缩成了小阳台

小花盆代表早先的花池葡萄架

厕所在借壁儿，不必再去胡同口

暖气使人上火那是让你防阴虚

也省得老看杏红般的煤炉火伤眼睛

上下楼

当然不似胡同的平地

时代也这特点你不上你就下吧

老北京住上楼总觉不是自家房

老爷子的遗照挂哪儿都觉不太正

溜达回老地方找不着那胡同了

只有陌生的大街和广告牌儿

默默回家路上像丢了祖宗的钱

一路寻找，故意绕了好几个胡同

1992年2月

本篇选自诗刊社编《“青春诗会”三十年诗选》，作家出版社2014年版。

琉璃厂[1]

顾　城

看　郊区水大了　青铜铺
入云山　唐代四马　绕山过鞋

在柜台上　你帮我说
去一个地方　看摊
后来又不说了　早上说
认识　看两摊　晚上
又不说了　早上冷

① 作者后置这首诗为组诗《城》第9首。

你去过　知道提防什么

她让你坐　你不坐

还得回来　前边都满了

我们是一块来的　一块过

你多少钱都不卖　我

去两处　学校　路上

放车　树发芽　他是好曲的

以前的人　头发往回梳

一直在车上对我　说

给你那么多　都不绿

是一块嘴绿的　你不知道

应该少要　熊推门　这么暖和

是好久以前的人了

笑火不死　闹这干吗

　　大嘴大嘴金乌雀

　　全的　一数七十多块

1991年8月

本篇选自《顾城诗全集》，江苏凤凰文艺出版社2010年版。

背景介绍

《诗歌中的北京》第二辑收录的作品主要来自20世纪20年代到20世纪50年代出生的诗人们。在经历了重大历史变革的诗人们看来，北京既肩负着重要的责任，又孕育着新的发展契机。它既是皇城古都和人民首都，也承载着种种关于现代都市的文化想象。

在北京城的众多地理坐标之中，天安门广场成为最重要的诗歌意象之一。在郑敏的《广场前的冥想》中，天安门广场上一次次响起的脚步声是重大历史时刻的见证者：这声音属于人力车夫、爱国青年学生、新中国人民群众，这声音也是“新的节奏，新的弹力，/新的愿望，新的震波”。

北京的风景不仅承载着“跨到新的时代来”的历史展望，也是种种幽微情感的生发之所。任洪渊、杨炼的诗篇则在古司天台、颐和园等旧都古建筑中寄寓跨越时空的诗情。任洪渊在《北京古司天台下》中，将古观象台置于“明天的天空”与“昨天的天空”之间，表达出对历史沧桑的万千感慨。杨炼的《王府井—颐和园》则以多种意象拼贴出对颐和园中晚清宫廷生活的奇观化想象。

同样是书写旧都古迹，谢冕的《北京（玉带桥）》则通过众多自然意象渲染出一个与女伴泛舟昆明湖的诗意瞬间。诗人乘着游艇驶向颐和园著名的玉带桥，于蛙声阵阵、荷花点点中寻找失落的“童年的梦影”，生发出与个人生命记忆息息相关的幽深情绪。在食指《这是四点零八分的北京》中，诗人以母亲与游子这一对古老的比喻勾连起故乡北京与无数知青。在上山下乡的列车开动的时刻，“北京车站高大的建筑”汇聚了青春独有的留恋、感伤与迷茫。在《琉璃厂》中，顾城用琉璃厂文玩店中的对话呈现出融合了历史现实与个人记忆的北京风景，光怪陆离的景象与口语化的语词展现出新旧杂陈的气质。

随着历史向前推进，诗人们笔下的北京也逐渐显露出作为现代都市的一面。舒婷的《北京深秋的晚上》充满了都市景观符号：路灯、“高速的车阵”、“路柱、横线、交通棒”……路灯、车灯组成的人工光线带来了一种现代的情感结构，它们不仅把北京的夜晚切割成“残存的梦”，让城市风景不再明晰真切，也使“我”这一抒情主体投下“单薄的影子”，成为与“你”永远相隔的孤独个体。与此同时，在轰轰烈烈的城市化进程中，北京的诗人们则更多关注到许多老北京人离开祖祖辈辈居住的胡同、搬进楼房的时代变迁。阿坚的《胡同拓宽了就成街》则用生动诙谐的北京话讲述着“胡同年年少，北京地图总过时”的都市风景。从胡同到大街，从庭院到单元楼房间，从葡萄架到花盆，从胡同口公厕到自家卫生间，从煤炉到暖气，口语化的诗句以速写的方式捕捉到老北京人日常生活的点滴变化，传达着时代新变。围绕着北京的过往、当下与未来，诗歌以其特有的文学想象力重塑着这座城市。

——查苏娜

第三辑　西山如隐

凤凰（节选）

欧阳江河

1

给从未起飞的飞翔

搭一片天外天，

在天地之间，搭一个工作的脚手架。

神的工作与人类相同，

都是在荒凉的地方种一些树，

炎热时，走到浓荫树下。

树上的果实喝过奶，但它们

更想喝冰镇的可乐，

因为易拉罐的甜是一个观念化。

鸟儿衔萤火虫飞入果实，

水的灯笼，在夕照中悬挂。

但众树消失了：水泥的世界，拔地而起。

人不会飞，却把房子盖到天空中。

给鸟的生态添一堆砖瓦。

然后，从思想的原材料

取出字和肉身，

百炼之后，钢铁变得袅娜。

黄金和废弃物一起飞翔。

鸟儿以工业的体量感

跨国越界，立人心为司法。

人写下自己：凤为撇，凰为捺。

2

人类并非鸟类，但怎能制止

高高飞起的激动？想飞，就用蜡

封住听觉，用水泥涂抹视觉，

用钢钎往心的疼痛上扎。

耳朵聋掉，眼睛瞎掉，心跳停止。

劳动被词的膂力举起，又放下。

一种叫作凤凰的现实，

飞，或不飞，两者都是手工的，

它的真身越是真的，越像一个造假。

凤凰飞起来，茫然不知，此身何身，

这人鸟同体，这天外客，这平仄的装甲。

这颗飞翔的寸心啊，

被牺牲献出，被麦粒撒下，

被纪念碑的尺度所放大。

然而，生活保持原大。

为词造一座银行吧，

并且，批准事物的梦幻性透支，

直到飞翔本身

成为天空的抵押。

3

身轻如雪的心之重负啊，

将大面积的资本化解于无形。

时间的白色，片片飞起，

并且，在金钱中慢慢积蓄自己，

慢慢花光自己。

慢慢地，把穷途像梯子一样竖起，

慢慢地，登上老年人的日落和天听。

中间途经大片大片的拆迁，

夜空般的工地上，闪烁着一些眼睛。

4

那些夜里归来的民工，

倒在单据和车票上，沉沉睡去。

造房者和居住者，彼此没有看见。

地产商站在星空深处，把星星

像烟头一样掐灭。他们用吸星大法

把地火点燃的烟花盛世

吸进肺腑，然后，优雅地吐出印花税。

金融的面孔像雪一样落下。

雪踩上去就像人脸在阳光中

渐渐融化，渐渐形成鸟迹。

建筑师以鸟爪蹑足而行，

因为偷楼的小偷

留下基建，却偷走了他的设计。

资本的天体，器皿般易碎，

有人却为易碎性造了一个工程，

给它砌青砖，浇筑混凝土，

夯实内部的层叠，嵌入钢筋，

支起一个雪崩般的镂空。

5

得给消费时代的CBD景观

搭建一个古瓮般的思想废墟，

因为神迹近在身边，但又遥不可及。

得给人与神的相遇，搭建一个

人之境，得把人的目力所及

放到凤凰的眼睛里去，

因为整个天空都是泪水。

得给“我是谁”

搭建一个问询处，因为大我

已经被小我丢失了。

得给天问，搭建鹰的独语，

得将意义的血肉之躯

搭建在大理石的永恒之上，

因为心之脆弱有如纹瓷，

而心动，不为物象所动。

6

人类从凤凰身上看见的

是人自己的形象。

收藏家买鸟，因为自己成不了鸟儿。

艺术家造鸟，因为鸟即非鸟。

鸟群从字典缓缓飞起，从甲骨文

飞入印刷体，飞出了生物学的领域。

艺术史被基金会和博物馆

盖成几处景点，星散在版图上。

几个书呆子，翻遍古籍

寻找千年前的错字。

几个临时工，因为童年的恐高症

把管道一直铺设到银河系。

几个乡下人，想飞，但没机票，

他们像登机一样登上百鸟之王，

给新月镀铬，给晚霞上釉。

几个城管，目送他们一步登天，

把造假的暂住证扔出天外。

证件照：一个集体面孔。

签名：一个无人称。

法律能鉴别凤凰的笔迹吗？

为什么凤凰如此优美地重生，

以回文体，拖曳一部流水韵？

转世之善，像衬衣一样可以水洗，
它穿在身上就像沥青做的外套，
而原罪则是隐身的
或变身的：变整体为部分，
变贫穷为暴富。词，被迫成为物。
词根被银根攥紧，又禅宗般松开。
落槌的一瞬，交易获得了灵魂之轻，
用一个来世的电话取消了现世报。

7

人是时间的秘书，搭乘超音速
起落于电话线两端：打电话给自己
然后到另一端接听。但鸟儿

没有固定电话。而人也在

与神相遇的路上，忘记了从前的号码。

鸟儿飞经的所有时间

如卷轴般展开，又被卷起。

三两支中南海，从前海抽到后海，

把摩天楼抽得只剩抽水马桶，

把鹤寿抽成了长腿蚊。

一点余烬，竟能抽出玉生烟，

并从水泥的海拔，抽出一个珠峰。

…………

16

然后，轮到了观者：众人与个别人。

登顶众口之言无足轻重，

一人独语，又有些孤傲。

人，飞或不飞都不是凤凰。

而凤凰，飞在它自己的不飞中。

这奥义的大鸟，这些云计算，

仅凭空想，不可能挪移乾坤。

飞向众生，意味着守身如一。

因此，它从先锋飞入史前物种，

从无边的现实飞入有限，

把北京城飞得比望京还小，

一个国家，像一片树叶那么小。

陆宽和黄行，从鸟胎取出鸟群，

却不让别的人飞，他们自己要飞。

17

然后，轮到人类以鸟类的目光

去俯瞰大地的不动产：

那些房子，街道，码头，

球场和花园，生了根的事物。

一切都在移动，而飞鸟本身不动。

每样不飞的事物都借凤凰在飞。

人，不是成了鸟儿才飞，

而是飞起来之后，才变身为鸟。

不是飞鸟在飞，是词在飞。

所谓飞翔就是把人间的事物

提升到天上，弄成云的样子。

飞，是观念的重影，是一个形象。

不是人与鸟的区别，而是人与人的区别

构成了这形象：于是，凤凰重生。

鸟类经历了人的变容，

变回它自己：这就是凤凰。

它分身出一个动物世界，

但为感官之痛，保留了人之初。

痛的尖锐

触目地戳在大地上，

像一个倒立的方尖碑。

18

为最初一瞥，有人退到怀古之思的远处。

但在更远处，有人投下抽丝般的

逝者的目光。神的鸟儿，

飞走一只，就少一只。

但凤凰既非第一只这么飞的鸟，

也非最后一只：几千年前，

它是一个新闻，被《尔雅》描述过。

百代之后，它仍然会是新闻，

因为每个时代的新闻，都只报道古代。

那么，请将电视和广播的声音

调到鸟语的音量：听一听树的语言，

并且，从蚜虫吃树叶的声音

取出听力。请把地球上的灯一起关掉，

从黑夜取出白夜，取出

一个火树银花的星系。

在黑暗中，越是黑到深处，越不够黑。

19

凤凰把自己吊起来，

去留悬而未决，像一个天问。

人，太极般点几个穴位，把指力

点到深处，形成地理和剑气。

大地的心电图，安顿下来。

天空宁静得只剩深蓝和深呼吸，

像植入晶片的棋局，下得斗换星移，

却不见对弈者：闲散的着法如飞鸟，

落子于时间和棋盘之外。

不飞的，也和飞一起消失了。

神抓起鸟群和一把星星，扔得生死茫茫。

一堆废弃物，竟如此活色生香。

破坏与建设，焊接在一起，

工地绽出喷泉般的天象——

水滴，焰火，上百万颗钻石，

以及成千吨的自由落体，

以及垃圾的天女散花，

将落未落时，突然被什么给镇住了，

在天空中

凝结成一个全体。

2012年3月3日

本篇发表于《花城》2012年第5期。

在北京地铁上

路　东

整个北京的地铁上就一个人

它兜着圈子，越开越慢

星期一离八宝山的墓地最近

一些影子在这里晃动

灯光下能看见发暗的皱褶

我去星期三看望一位诗人

交往的隐私从诗句开始

星期二上面是王府井大街

叫卖声中，夹杂着英语的回响

新版人民币正削铁如泥

我想评论几句，让自己发笑

不正常的念头越来越多

地铁到长安街后改道运行

它要从星期六绕进星期三

这种事小说中发生过

有后现代平庸模仿的嫌疑

猜想一下地铁设计师的意图

一定与国家的风水相关

我一个人在地铁上前思后想

不明白的事已擦肩而过

星期天的情境好不了多少

鸟儿在汉语中学习鸣叫

围绕天安门广场的旗帜飞

水泥地上落满了羽毛

其余几天，我一直寂静

没人上车，地铁更黑了

从车窗上只看见时间的脸

车厢发出空洞的回响

整个北京的地铁上就一个人

它兜着圈子，越开越慢

铁压迫铁，如老人的回忆

散出一些生锈的气息

这车删除了星期四和星期五

一些细节至今不为人知

我进入了北京的什么地方

对我来说，这事急迫

有想象力的人在星期三等我

他要和我相互虚构

本篇选自路东诗集《睡眠花》，上海教育出版社2020年版。

地铁一号线

——这是一条虚拟的线路

童　蔚

你竟然走不出地铁一号线

也走不出隐蔽的暗流

有个车站叫乌托邦；

——延伸隧道里的词语

和等车人串联的“长造句”

你瞌睡时，我描绘你的衣饰

是猩红色的

和零度寒冷的腿挨在一起

你醒来时方向不明

适合冷处理

忘记袖口的年龄

记忆口含蜜饯的小动作

极度促进内分泌；

那些零售商药品代理

也没有走出地铁

成功，初试，然后下一站

继承上一站像一队唱诗班高喊着：

“挤在一起我们有多少财富；

污秽的兴旺以及发达史”

地下的结构，绚丽、脉动，很立体

透明笼子大批鸟兽秘密尾随

玻璃公园——动物园

平移，翻译，随身携带，提速

双轨制交叉，旋转，

这是燃烧的地下网络

这是立体声，声称朝代改变年代

声带贴近耳膜，你拨转耳孔里的隧道

不打算听见田野被切割的嚎叫！

哼唱无伴奏小调的贫民区

也不打算听听，我喜爱的

摇滚乐，你喜欢直达友人的

海滨豪宅

抽海滨牌香烟

想到这些就瞌睡

我挨着你睡醒后，垂直、水平

一站又一站，我接近你的

刚刚冷静，你的

手表就醒了，秒针上下

越坚定越准时，恰好

相遇不早不晚我们，看见

愈来愈肿胀的广告……

许多魅力小人蜡烛一样燃烧

飘来荡去，我紧紧

揪住你的袖口，吐露的

毛线头灵感，已然暗旧，

可你无病无灾很英俊，你乐意

把桌椅移到地下，你乐意

把床铺移到地下

愿意像蜗牛探一下脑袋，然后

缩回躯体，你已然忘恩负义

歇斯底里在那富贵倾斜的顶楼有人等你，在夜晚

你攥紧奥特曼[①]在车厢里

走向玩具店消失的声音，走向

悲哀的震动，走入

---

① 奥特曼，一种玩具，亦指同名电影中的特异功能超人。

湮没个性的拥挤

走向更快地飞，更稳地终止

像一根羽毛绞链着深渊中的铁鸟。

本篇选自《嗜梦者的制裁（童蔚诗选）》，中国铁道出版社2011年版。

田园诗

王家新

如果你在京郊的乡村路上漫游
你会经常遇见羊群
它们在田野中散开，像不化的雪
像膨胀的绽开的花朵
或是缩成一团穿过公路，被吆喝着
滚下尘土飞扬的沟渠

我从来没有注意过它们
直到有一次我开车开到一辆卡车的后面
在一个飘雪的下午

这一次我看清了它们的眼睛

（而它们也在上面看着我）

那样温良，那样安静

像是全然不知它们将被带到什么地方

对于我的到来甚至怀有

几分孩子似的好奇

我放慢了车速

我看着它们

消失在愈来愈大的雪花中

2004年

本篇选自《王家新的诗》，人民文学出版社2023年版。

小　雪

莫　非

雪从不迟到
总是提早一些时辰
迟到的是我们

叫熙熙叫攘攘的人
挤满了利来利往的路上
甚至没时间

看太阳落山
看雪落在忍冬树上

金银木的果子

埋在深雪中
仿佛寂静也加厚了
听不到外面说些什么

听不到抱怨和哭泣
雪那么快下来
靠了一棵树的梯子

下来的时候夜深人静
胡同里只有胡同
仿佛时间打了一个来回

那么快就消失，那么快就重现，仍旧赶不上
庸人自扰的思想。
满桌摊开的杂物中，它像节能灯那样诱人而不能服众。
哈，我拿它来比喻几秒钟一掠而过的天空，
完全无视绿化带昂贵的两翼，
绿化带下半米的暗土中，无所不在的小精灵，是否快乐？

重要的，最重要的快乐，北京也在它面前退却。
半小时内，我的腰会晤我从未谋面的脑子，
都奢望，获取天边的清晰轮廓。
多么有意义。但不能往下引申出我的人生。

多么精密的少。但不能在绿化带两翼间穿针引线，
缝纫那些关键的缺口。不，我不会说
“缺口即出口”，因为它徒具诗歌的脾气。

2011年1月31日

本篇选自《清平诗选》，太白文艺出版社2019年版。

东明胡同

殷龙龙

这条胡同靠近海

北京的海

只不过是一片能划船的水

我看见雨歪了

靠近一个男人的肩

一个女人

在那里湿漉漉的

胡同不长

它每天都在走，竭尽全力

仿佛有人等

胡同不长

但它却焦急地走

抬腕看看

表里长出草

我小时记得胡同是躺着的

它那么安静

在水之上

不呼吸，偶尔咳嗽一声

现在胡同老了

面对一只早晨的篮子

它把水漏光

整个空气蹲在篮子里

轻轻飘飘

仿佛抱着年轻的新娘

这条胡同喊过我

喊我：大龙

本篇选自殷龙龙诗集《我无法为你读诗》，北京联合出版公司2016年版。

夕光中的蝙蝠

西　川

在戈雅的绘画里，它们给艺术家
带来了噩梦。它们上下翻飞
忽左忽右；它们窃窃私语
却从不把艺术家叫醒

说不出的快乐浮现在它们那
人类的面孔上。这些似鸟
而不是鸟的生物，浑身漆黑
与黑暗结合，似永不开花的种子

似无望解脱的精灵

盲目，凶残，被意志引导

有时又倒挂在枝丫上

似片片枯叶，令人哀悯

而在其他故事里，它们在

潮湿的岩穴里栖身

太阳落山是它们出行的时刻

觅食，生育，然后无影无踪

它们会强拉一个梦游人入伙

它们会夺下他手中的火把将它熄灭

它们也会赶走一只入侵的狼

让它跌落山谷，无话可说

在夜晚，如果有孩子迟迟不睡

那定是由于一只蝙蝠

躲过了守夜人酸疼的眼睛

来到附近，向他讲述命运

一只，两只，三只蝙蝠

没有财产，没有家园，怎能给人

带来福祉？月亮的盈亏褪尽了它们的

羽毛；它们是丑陋的，也是无名的

它们的铁石心肠从未使我动心

直到有一个夏季黄昏

我路过旧居时看到一群玩耍的孩子

看到更多的蝙蝠在他们头顶翻飞

有我的一份工资

有我的一份水

这城里

我爱着一个人

我爱着两只手

我爱着十只小鱼

跳进我的头发

我最爱煮熟的麦子

谁在这城里快活地走着

我就爱谁

1985年

本篇选自《海子诗全集》，作家出版社2009年版。

第一阵秋凉入门

臧　棣

这夜晚的道路由雄起的

虫鸣编织而成。我踩上去时，

你的脚步，果然更轻盈。

往左，它通向松了绑的未名湖；

往右，它把西山的剪影

揉碎在草木的黑色气息里。

尘世的堕落为你清点出

这孤独的妙用。最大的我

正凭借一个小小的越位，

从我裸露的皮肤上醒来。

好多分身术，其实都不如

在深呼吸里再挖一个洞

更解气。星光的浮力

甚至明显得能把你再次扶上

千里外桑科草原的马背。

2016年

本篇选自《臧棣诗选》，太白文艺出版社2019年版。

白雪乌鸦

伊　沙

北京，铁狮子坟的早晨

刚下过一夜的雪

我脚踏一片洁白

朝着校园深处行进

忽然间

扑棱棱几声响

一个飞行小队的乌鸦

落满我脚下航母的甲板

哦，白雪乌鸦

仿佛上帝的画作

让我搓着手

呵着热气

准备将它卷起来

带走

本篇选自伊沙诗集《白雪乌鸦》，四川文艺出版社2021年版。

北京东四十条，南新仓

（《运河活页》组诗之一）

胡　弦

下雨了，灯笼亮了。

整座房子亮了，一片片红光

被分给雨。房子像一只大灯笼，此刻，

最好的雨仿佛在围绕它落下。

食客们落座。墙上的文字、图片，

是关于房子的介绍。

南新仓，六百年，它还曾是

避难所、兵器库、废墟……

没有美味相佐，历史也是难以消化的；所以，
改为一座饭店最合适不过；所以，
我们像坐在历史深处饮酒，有些话，
就是说给不在场的人听的；因为，
历史被反复讲述，但还是
有很多地方被漏掉了，比如，
穷人的胃，富人的味蕾，国家的消化系统。
万事皆有约束，包括我们难以下咽的命运，
但口腔除外。如同秘密的职责，如同你咀嚼时
雨在窗外怪异地讲述。
在古老的时代，总有船连夜驶入京，许多
描绘运河的画卷向我们讲述了那场景，
在通州，在积水潭，对桅杆
纠缠不休的风离去了，靠岸的官船运来的粮食，

一直闪着和朝代无关的光泽。

热闹的街市，雨的反光，庸俗的生活里一直都有

我们努力要抓住的梦想。

被拆解的光阴，一直都是一个整体，就像

我们继续坐在这里饮酒，并点亮了灯笼。

这粮仓诞生于遥远的世代，但要取消和我们

之间的距离，总是轻而易举。

也许，它无意指出我们生活的方向，

但假如你不熟悉自己的前世，

就交给他者来安排吧。

也许美味还不够，谜语需要另外的密码，

而在一切可以回味的事物的内部，咔嚓咔嚓，

不是切刀，是另有一座时钟走得精准。

本篇发表于《草堂》2019年第2期。

在玉渊潭公园

西　渡

你在岸边催促着我，手伸向
一片单独的草地。暖洋洋的天气
正适合用一本书挡住太阳
把胳膊垫在脑袋下。不远处
一个三岁的男孩摇摇晃晃地

奔跑，像是小猫的爪子
扒弄的一团彩色线球
而你正用另一团线球
把阳光织入我身上的暖意

移动在湖面上的野鸭，就像

一排贴上镜面的花黄
或者一段爱情的铭文，还没有
被时光的手不经意地抹去
我感到如果它们拍翅飞起
镜子里的人就会小声哭泣

稍远些，一段桥拱就像
青春绕不开的一段弯路
矗立在那里。醉心于感情的男女
正携手走在那上面，而我们
也是刚刚从那上面走过

我们起身向湖边走去。园丁
正把去年的落叶收进编织袋
堆放在树荫下。它们看上去
沉甸甸的，就像粗心的神
输掉的脑袋，成为献给时光的礼物

一个练习长跑的人脱下
身上的毛线背心，搭在那上面
他看上去瘦精精的，像是一件
更有派头的礼物，时光正急于
把他收入囊中。而他已开始奔跑

2002年2月23日

本篇选自《西渡诗选》，太白文艺出版社2019年版。

10月8日记事

蓝　蓝

沉默的人们点燃了鞭炮
代替他们的叫喊炸响在北京的夜空

如果你能想到，沉默也曾经浇灭过火星
沉默也铸成铁栅栏的　根
——正是如此！

有一瞬间你站在窗口
望着烟花四坠的光芒，欢喜和悲伤
无疑在你心中升起一道耀眼的彩虹

有人愤怒，有人欢呼，有人叹息

孩子们在抱怨未写完的作业

而你慢慢回到桌前坐下，想着

明天的早餐吃什么

还有爱情的尖刺和秋日的静默——

你拿过针线，继续缝补

衣服上的破绽正如被炮仗炸裂的

漆黑天空。

2010年10月8日

本篇选自《唱吧，悲伤 蓝蓝抒情诗集》，江苏凤凰文艺出版社2017年版。

冬夜即景

侯　马

走出超市

置身冬夜那广阔的怀抱

我喜欢这清冷的感觉

建筑工地上

多么炫目的探照灯

映着北四环的气派和瑕疵

映着庄稼地的荒芜和退隐

我左手拎着塑料袋：明珠超市

右手牵着夏尔

那温乎乎又软绵绵的小手

在静谧的芍药居小区

我应和着夏尔的步伐

突然看到马路上一小堆积雪

发着青青的光芒

无辜地摊平了自己

夏尔踩上去时有一声微弱的响

沙——

怎么会有幸存者呢?

就这儿一小块残雪

夏尔仰起了他的小脸

“爸爸，是糖。”

空中一声清脆的炮声

夜色显得愈发广阔

春天的庆典就要开始了

大地渗出了甜丝丝的味道

2000年2月12日

本篇选自侯马诗集《夜行列车》，四川文艺出版社2021年版。

中国美术馆

桑　克

我挤在人群中间

我的行为和他们

也没有区别

这让我伤心

我多么喜欢是我一个人在看你

让我拉着你冰凉的小手

让我读读你无声的言语

外面起风了

你也不觉得寒冷

那些明亮的色彩从我的心中

照耀着你

你有些冷漠

然而更大的宁静包围着你

你的眼睛眺望着我

也许不是

也许是眺望我身后更加辽远的

地方，你的自由的歌声寄居的

地方

我也想走上墙去

成为你脚下的地板

或你辫梢上的皮筋

这样也可以使我的冬天

永恒

有一次，去新街口

徐　江

一直想写首稍长的诗

名字都已想好　叫《梦中画卷》

写去年深秋　天津的一场丹麦音乐会

人物有我和妻子　剧场灯昏暗下来时

跑动的孩子们

但主题似乎不清　甚至　简直没有

我只是很想在诗中记述音乐会当时的场景

我和妻子对音乐隔膜已久的那种

静坐的谛听　人生劳碌中途的喘息

还有暗场里孩子们偶尔令人心悸的

对妈妈的呼唤

我还想说　那种谛听一度是我早年对

生活的憧憬　我的梦

有几个瞬间　衔着乐声恹恹欲睡

我恍然想起这些年生活经历了那么多事情

而妻子　在身边　神情始终专注

她在想这些年她经历的事

复杂呵　诗

这首诗我终于没写

这之后有一次我到北京为杂志组稿

（没办法，我必须靠这个吃饭）

某个下午　和熟人路过新街口

走过过街天桥　我们来到中国书店旁一家

唱片店　去看新近有什么CD

那店是后建的　我读大学时根本没有

我妻子　那时我们也不认识

唱片架上　西蒙与加丰凯尔　罗大佑

我那时听到他们的歌　也仅一小部分

那么一小部分　加上　马路对面

新风面馆的红烧肉面

隔壁书店里旧书　还有一里地外的北魏胡同

它们与北京的夕阳交相辉映

构成我人生憧憬时期美妙的回忆

唱片店里的光很柔和

小楼梯里木制的　油漆的色调古色古香

几个伙计　几个客人　那么多

浩如烟海的CD

让人感觉美也有让人厌烦的一刻

买也买不完

而它其实与你并不亲近　它只亲近你的钱

音响　则十分辛苦

一会儿西贝柳斯　一会儿爵士

我想起　大学毕业

什么时候曾对朋友们说过

想开个咖啡馆　书店　或唱片店

看来此设想早已不是什么新鲜的专利

十年了

中国人已变得足够优雅　绅士　淑女

冠冕堂皇

十年

难道这是我年少时的愿望

天一点点暗下来

我们走上长街　拦了出租车

去赶赴一个什么首都文化人的聚会

同伴买到了一张好CD　一路上一直兴奋

喋喋不休

我则想着　将有哪些作者可以约稿

以及这些年往返于天津北京的日子

有许多东西在脑海里变得陌生

或是一点点　还原成生活中本来的样子

我能看到我的梦

但我坐的车　将我驶向另一个平行的梦

诗一首一首写

人生越来越立体

熟悉的城一点点教导我学会遗忘它往昔的

乐音

1998年的新街口渐渐被留在我们的身后了

我算了一下　两分钟

比现在我们读的这首诗要短

1998年

本篇选自杨克主编《1998中国新诗年鉴》，花城出版社1999年版。

西山如隐

李少君

寒冬如期而至，风霜沾染衣裳
清冷的疏影勾勒山之肃静轮廓
万物无所事事，也无所期盼

我亦如此，每日里宅在家中
饮茶读诗，也没别的消遣
看三两小雀在窗外枯枝上跳跃
但我啊，从来就安于现状
也从不担心被世间忽略存在感

偶尔，我也暗藏一丁点小秘密

比如，若可选择，我愿意成为西山

这个北京冬天里最清静无为的隐修士

端坐一方，静候每一位前来探访的友人

让他们感到冒着风寒专程赶来是值得的

本篇发表于《延河》2018年第8期。

镇水兽

（《北京中轴线》组诗之一）

北　塔

整个身子倾斜着，趴在石头上
随时准备在洪水里与堤岸共存亡

像一棵生于缝隙的千年柳树
只剩下下半身一截枯木
像一只伤痕如乱云的老鹰
用最后的爪子死死抓住悬崖

它来自太远的大运河南部

从小在密布的水网中长大

没人能比它经受更多的水刑

它的双足曾涉过千里风波

来到运河的最北端，像一个

隐士，潜入旧大都的中心

一旦落定，在万宁桥边

便寸步不离地坚守玉河的铁闸门

它的手掌一推，水怪就要后退一百个码头

它的嘴巴一吸，百万虾兵蟹将就会被吞噬

它的尾巴一扫，一万座波峰都会折断脖子

在龙王安分的时日里，它只是静静趴着

像老墙枯藤中趴着的一只壁虎

像锈蚀的铁栏杆上的一枚落叶

八百年如一日，它的影子

在被驯服的大街小巷巡逻

它从未接受仅仅一桥之隔的

荷花市场粉色的邀约

它高耸的鼻子从未在暗香的偷袭中

打过一个喷嚏

它暴跳的青筋从未在酸雨中

萎缩、开裂

然而现在它的身子越来越沉重

而身子底下的石头越来越疏松

是的，总有一天，它会像暴发

泥石流的山一样，滑入水中

2019年6月

本篇选自北塔诗集《巨蟒紧抱街衢：北京诗选》，北方文艺出版社2019年版。

我想起这是纳兰容若的城市

朱　朱

我想起这是纳兰容若的城市，

一个满族男人，汉语的神射手，

他离权力那么近，离爱情那么近，

但两者都不属于他——短促的一生

被大剧院豪华而凄清的包厢预定，

一旦他要越过围栏拥抱什么，

什么就失踪。哦，命定的旁观者，

罕见的男低音，数百年的沉寂需要他打破——

即便他远行到关山，也不是为了战斗，

而是为了将辽阔和苍凉

带回我们的诗歌。当他的笔尖

因为吮吸了夜晚的冰河而陷入停顿，

号角声中士兵们正从千万顶帐篷

吹灭灯盏。在灵魂那无尽的三更天，

任何地方都不是故乡。活着，仅仅是

一个醒着的梦。在寻常岁月的京城，

成排的琉璃瓦黯淡于煤灰，

旗杆被来自海上的风阵阵摇撼；

他宅邸的门对着潭水，墙内

珍藏一座江南的庭院，檐头的雨

带烟，垂下飘闪的珠帘，映现
这个字与字之间入定的僧侣，
这个从圆月开始一生的人，
永远在追问最初的、动人的一瞥。

本篇选自《我身上的海：朱朱诗选》，北京联合出版公司2021年版。

八大处

邱华栋

我问：西边的好地方有哪些？

你说：香山、八大处和植物园

已经过了看红叶的季节

今天香山上的红叶全部隐藏在秋天的无边萧瑟中

我说：八大处，八个好去处，有八座寺庙

你说：对，那里香火缭绕，被下午的阳光温暖地照耀

我们去吧，我们去

我们去吧，我们就去了

我们漫步在山林之间，穿行在一条下山涧里

泉水已经没有了，可这个冬天依旧有着叮咚声

那是背水人的身影，他们努力地在岩石的缝隙里

用塑料壶接水，还说："这水不治病，这水有毒"

八大处，有八座寺庙，我们进去了一座

然后就爬到了山顶，看到了北京西部开阔的景色

楼厦渺小了，街道不见了

雾霭飘散，我揽着你的腰说着我自己

看那城市像转盘一样地在转动，像地衣一样在生长

而我们彼此在靠近

然后，我们低语，呢喃，我们拥抱着

感到落日渐渐地把寒冷带给了我们的皮肤

2011年11月1日

本篇选自邱华栋诗集《光谱》，长江文艺出版社2015年版。

在北京，在终点

安　琪

如果可能

请允许我把北京当作我的终点

允许我丢弃自己的故乡

如果故乡是我的母亲请允许我丢弃

母亲，父亲，孩子

一切构成家庭的因素

一切的一切

请允许我成为北京的石头

安置在大观园里

或西游记里

我愿意就是这样一块石头

不投胎

不转世

我愿意回到石头的身份

没有来历也没有那么多阅读的手

指责的手

在北京，如果可能

请允许我以此为终点

活着，死去，变为一块石头

2004年5月2日

本篇选自安琪诗集《极地之境》，长江文艺出版社2013年版。

背景介绍

《诗歌中的北京》第三辑收录的诗人们出生于50至60年代，他们对1985年后改革时代高速发展的北京城有着“和而不同”的感触。诗人们穿梭于语词的变换与斑驳的意象中，为北京赋予诗意。从胡同至校园、从古城至商业街，北京这座古意与现代合二为一的城市在此展开为一张巨大的书页，多姿且多彩。

海子和西川，用自己的诗篇描绘了那颇具理想与浪漫时代的北京。《城里》中，海子将“盖满落叶的旧外套/寄给这城里/任何一个人”，“谁在这城里快活地走着/我就爱谁”——这是诗人既跳脱又无私的爱。西川的《夕光中的蝙蝠》则写到那些徘徊在夕阳中的蝙蝠，黑色的身影在胡同口、在孩子们玩闹处的上方翻飞盘旋；“在古老的事物中，一只蝙蝠/正是一种怀念”，飞舞的动物，冥冥中召唤着这座古老城市的厚重过往。

徐江的《有一次，去新街口》亦指向了“念旧”和“记忆”——大学时光，新街口CD店、旧书店，“它们与北京的夕阳交相辉映/构成我人生憧憬时期美妙的回忆”。殷龙龙的《东明胡同》，讲述今昔胡同之变迁。胡同虽还是老旧的样貌，邻里也是熟悉的面孔，但当快速现代化的水流涌入这里，一切都开始变得陌生。“现在胡同老了”，城市却变新了。胡弦的《北京东四十条，南新仓》讲述了北京历史中波澜壮阔的一角，“在古老的时代，总有船连夜驶入京，许多/描绘运河的画卷向我们讲述了那场景”。朱朱的《我想起这是纳兰容若的城市》，则书写了想象中的古典都城：“在寻常岁月的京城，/成排的琉璃瓦黯淡于煤灰，/旗杆被来自海上的风阵阵摇撼。”这一切都在时代更迭中浮沉，正如诗人所感叹的那样，岁月如歌。

进入千禧年，不论是加入世贸组织还是申奥成功，都让北京在世界性现代都市的建设路途上前进了一大步。城市基础建设速度的加快，也渐渐改变了人们对北京的视觉感受。当诗人的眼睛跟随快速交通的步伐观看时，会有一瞬间诗意降临——它将一时一刻的北京城内景观，与或相隔万里，或早已作古之事串联成篇，丰富着我们对北京的想象。在欧阳江河的《凤凰》里，烂漫的思绪遇上飞速发展的北京城，便形成了行行跨越亘古昼夜的诗句：“从无边的现实飞入有限，/把北京城飞得比望京还小，/一个国家，像一片树叶那么小。”莫非站在寒夜里看《小雪》，竟发现“时间打了一个来回”，当“雪化了/只剩下白塔寺和清朝末年”。而“即景”(《北京即景》)与即写，是诗人清平观察北京的独特方式，也是“重要的，最重要的快乐”。在臧棣的《第一阵秋凉入门》里，诗人轻盈地行走在夜晚“由雄起的/虫鸣编织而成”的小路上，感受“西山的剪影”被“揉碎在草木的黑色气息里”。伊沙的《白雪乌鸦》中，诗人在冬日雪天穿过铁狮子坟，看见乌鸦翩翩飞过。黑白两种颜色的渗透，唤起了他对北京冬日的情感想象。而在蓝蓝的《10月8日记事》中，诗人神游黑夜，在炮仗的鸣响和家庭的缄默中丈量北京生活的尺度，“有一瞬间你站在窗口/望着烟花四坠的光芒，欢喜和悲伤/无疑在你心中升起一道耀眼的彩虹”。侯马的《冬夜即景》则传达了相似的情感，在北京的清冷夜景里，诗人怀抱着“北四环的气派和瑕疵”，眺望“庄稼地的荒芜和退隐。”

在新纪元里，北京地铁象征着城市流动性的巨大提升，也是诗人观察当代北京时绕不开的话题。路东的《在北京地铁上》想象了一种地下生活的永恒，列车穿过王府井、长安街和天安门，“整个北京的地铁上就一个人/它兜着圈子，越开越慢”。童蔚的《地铁一号线》则钻入了繁忙的北京地铁，发现“这是燃烧的地下网络/这是立体声，声称朝代改变年代”，不禁为这绚丽、脉动、立体的地下世界而震惊。诗人捕捉到车厢中偶遇的乘客、周遭的男女和远方的友人，仿佛世界被装入这抖动、纷杂的一号线列车，通往各自不同的目的地。

当一些诗人环绕在现代北京的都市楼群与环线中时，另一些诗人则沉浸在了北京地标性建筑之前，以诗句讲述他们的凝视与沉思。桑克的《中国美术馆》带领我们“挤在人群中间”，虽然吵闹，“然而更大的宁静包围着你”。北塔的《镇水兽》瞄准了中轴线上的地标，那镇水兽在“运河的最北端，像一个/隐士，潜入旧大都的中心”。当然，诗人笔下，北京的公园、郊区和一些不为众人所知的休闲地界，也呈现出了北京的另一面。西渡的《在玉渊潭公园》，充满了对北京公园场所浪漫、闲适而静谧的描摹：跑动的孩子，柔情似水的野鸭，拱桥上的男女……北京的公园，一切都仿佛是“献给时光的礼物”。王家新的《田园诗》则是对京郊的诗意描摹，

“我放慢了车速/我看着它们，消失在愈来愈大的雪花中”。邱华栋的《八大处》，同样将诗意带离了喧闹的城市，来到北京“八大处”，“楼厦渺小了，街道不见了/雾霭飘散，我揽着你的腰说着我自己”。李少君的《西山如隐》中，因着西山的遥远，诗人写下“清冷的疏影勾勒山之肃静轮廓”。安琪的《在北京，在终点》则把北京视为道路的尽头，从故乡到首都，诗人愿意化身一块不转世、不投胎的石头，安心将这座城市作为归宿，“在北京，如果可能/请允许我以此为终点/活着，死去，变为一块石头”。诗人们用独特的意象，写下这些诗篇，为北京涂抹下丰富的色彩。

——谭镜汝

第四辑　他在北京的清晨独自醒来

鸟　经

姜　涛

我原以为，和你早已分别

夜间可以独自摸索到纸和方向

为此，我还重新装修了房子，注销了

你在此地的户籍，并准备

从女友中连夜选拔出一个女主人

过生活

不想，你又回来了

就在隔墙的小区，正为富人献艺

可巧顶楼的一场华宴也把

这边的夜空映红了，让我不由猜想

你现在衣着的甜俗，表情的夸张

但你肯定是感冒了：声音断续而且嘶哑

肯定是太辛苦了

在离别的日子里，不知又迷住了

多少哈拉男人，用你的舌尖的一点婉转泉水

在污染的大气中，为他们导航。

当然，我也一度这样，抱着书桌

一路追随你：从桥头到邮局

从海淀到东城

记下的心事，有时也留在了床上

这都是往事了，不提了……

多希望你能飞过墙来再看看我

现在的我，看看我的新居和新娘

但什么星移斗转、人海沧桑的

其实，什么都没变

一山一石，我还是住在

过去的沙盘里

本篇选自姜涛诗集《洞中一日》，广西人民出版社2017年版。

移动论

师力斌

上午在北京西南

晚上即回到通州

一百公里一个小时，百花山一动未动

车比陶潜的脚快

比李白的舟也要快

错过了一万朵菊花又一万朵菊花

霍夫勒大白鲨房车真的载着家吗?

置身千百万车流

赛跑的总是时间，时间，时间

菊花跑得比光还快

一过重阳节，年轻的她又回来了

像一万种花，拉着我的手进入秋天

菠菜地

邰　筐

如果有一小片地

我最想种的就是几畦子菠菜

那样就可以，在每个周末

煮上一大锅菠菜汤

把全北京的诗人们都叫过来

就菠菜汤喝二锅头

喝醉了就发发牢骚吹吹牛

没人捏你的小辫子，也没人记你的仇

把手机关掉，把时钟调慢

让心灵找到陶潜牵牛耕田的节奏

这个念头一旦出现，就让我有点急不可耐
从天安门到天通苑，从朝阳区
到西三环。我首先要找到一块
还没来得及被水泥吃掉的泥土
一个夜晚，我穿过无数条街道
又绕过几个高架桥
突然就找到一片废弃的工地，有几个晚上
我要去松土，就找来了铁锨和锄头
我像一个经验丰富的老农
还弄出了整齐的垄沟
春不误种，秋不误收。我很快就收到了
老父亲寄来的一包菠菜种
可接下来的无数个日子
我却再也找不到那块地了

还是穿过那些街道，还是绕过

那几个高架桥

我整好的那块土地，它神秘地消失了

实在是没有别的办法了呀伙计

我只好把这包绿油油的菠菜种

全都埋进了自己的身体

本篇选自郜筐诗集《徒步穿越半个城市》，中国青年出版社2016年版。

圆明园

席亚兵

初春的热浪涌入小巷。

圆明园行政村在园林西北

继续规划住户。村民有以

繁殖猪苗为业，在一个

干湖四周建起砖泥小屋，

屋旁堆满粗壮的树枝。

村庄四周，昔日园林面貌

依稀可辨。

讲究的造园山丘已经走形，

槐树林如蓬乱的毛发。
傍晚，黄沙满目，黑松岗上，
驴拴在那里，纹丝不动。

目睹此景，究其原因，我知道
是因为小河延伸至此
已全部干涸。河床被填，
而镶着图案的石子路依旧完整，
单孔石桥兀然坐在地上，
勾勒出小河当年的走向。

啊，多么让人不解的事情。就好像
这里遍布着甲鱼洞，或生着一种
春季长成的历史植物，

引来许多市民到此终日搜索，

它才被顺便认出，就像

捡到一堆院画中的瘦金的笔画。

1994年

本篇选自席亚兵诗集《生活隐隐的震动颠簸》，广西人民出版社2015年版。

中秋京郊遇雨

朵　渔

我来此尚有雨的款待。

我来此醉访木匠。

雨打屋檐，上青苔

入花丛，一连几个跟头

如开放的

湿裙子

我听见她们挤呀挤的

差点

笑出声来。

终于可以偃卧寒榻听风

似雨了，

终于可以滴水

不必穿石。

我有时听到自己在哭，

哭什么？

我依然活着。也只有活着了。

2015年

本篇选自朵渔诗集《感情用事》，四川文艺出版社2016年版。

燕山蝉鸣

沈浩波

车从平原驶向

北边的群山

丘陵渐起

今年北京雨多

山上树木蓊郁

蝉声伴随我们

像山间溪水一样流淌

山势渐高

群峰凸起

我们驶入峡谷

蝉声失去了

流淌的道路

现在它们

被装进一个音箱

发出立体环绕的巨响

2021年8月15日

本篇发表于《诗刊》2022年6月刊。

凤凰岭杂谈

伽　蓝

最高的岩石空无一人。半山

适合望远，若已经积攒

太多的抑郁，必须要谨慎

要继续信任这个世界。你坐在

巨大的幻觉中

看风景，什么也看不清

屁股底下的岩石是实在的

如石化英雄的肩膀。微风从南面

吹拂最细的发丝，山桃花

开了几百枝。这些都是好的假设

从背包里取出保温杯

和茶具，沏一壶白茶细品

阴坡积雪未消，下面的凉亭顶着蓝色的雪

蠕动的人上上下下，像明信片上的

污点。远处一座大城隐身

在坚固的紫气里：一切都没有发生

一切已经发生。鸟的叫声

穿着安静的珠子，又散落下午

阳光的低语。台阶旁的小草

刚刚绿了三两株

本篇发表于《十月》2023年第2期。

冬天的老骨头

吕 约

地铁边的护城河

冬天更脏了

一个人在脏水里游泳

两只灰色的小野鸭追随着他

像追随一辆威风凛凛的灵车

在岸边钓鱼人的嘲笑声中

他爬上岸，一个精瘦的老头

缓慢地

在寒风中擦他

冒着白烟的驼背

在风，河流与石头中
他得意
他是最年轻的
在被石头包围的
一群年轻的孙子中
他害羞——
他是最暖的

2006年11月13日

本篇选自《吕约诗选》，太白文艺出版社2019年版。

怀柔县[1]

马 雁

这荷塘中间的小城，没有花瓣的花朵，

常常自动脱落的错误和矫饰，

还有，在水边钓鱼的小老头们

心怀叵测地来回梭巡，寻找下竿处。

哦，他们把自己当成魔鬼，

又当成深山老林里荷枪实弹的猎人，

无往不胜，只是常常是失败的。

不大说话的是养路工人和绿化工人，

苦心思索道路的装饰，只有

---

① 2001年怀柔撤县设区。

一双眼睛能看到汗水的甜蜜处，

那颤巍巍盛开的单瓣芍药，

粉红色、米白色和酱紫色。

野草簇拥着它们，使它们以为

自己是仙女，是皇后，是美好感觉

综合体……是为痛苦所宠爱的身体。

有精确的度量衡，撬动着怀柔；

是夜里梦游的灵魂，互相交媾。

不惜分裂自我的理想主义者

一年一年地种荷花，拔芍药。

2010年9月18日

本篇选自《马雁诗集》，新星出版社2012年版。

他在北京的清晨独自醒来

杨庆祥

他在北京的清晨独自醒来

他想多睡一会。将一个三十年前的

旧梦做完。

梦的内容是有一天他在北京

独自醒来，他热好了两杯牛奶。

那个清晨只有他一个人。

繁华的北京只有他一个人

北京在那个清晨奇怪地停止了

运行。他号啕大哭。

他提醒自己那只是一个梦，北京

依然是伟大的都城。他再一次在清晨醒来，

再一次，热好两杯牛奶。

他喝完其中一杯，又将另一杯

递给自己。这个时候他突然哭起来

原来他一直都没有醒。

再一次

他恐惧极了

他甚至都不敢哭出声。

2017年10月28日

本篇选自《所有未来的倒影：戴潍娜、杨庆祥、严彬三人诗选》，广西师范大学出版社2018年版。

去国家大剧院

刘　汀

出于某种无法证实的神秘考虑

它被建成一颗蛋，光明、圆滑而巨大

这个拒绝所有隐喻和象征的椭圆形

任性地成为没有时间附着物的、单纯的壳

全世界的演员，手足无措的老母鸡一样

感到困顿，无人能在这里孵出新梦幻

人群梭巡在此，歌声秋叶般从他们眼前落下

我坐在大剧院地下一层的通道里

用手机播放一首汉语歌曲。在我之上

几十种乐器发出优美的鸣叫
我的咳嗽声隐隐上升，参与到宏大
交响乐的合奏之中。如果那些衣着光鲜
的人，在莫扎特或贝多芬的乐谱里
听见了什么真正和自身相关的情感
只能是我的呼吸，和我手机振动的频率

我看到了，巨蛋自成一件结构复杂的乐器
一座层峦叠嶂、困死狂风的山谷
一具光溜溜的、因激动而起伏的肉体
真相或许是这样的：必须在内部
充满黏稠滑动的人群，这枚卵，才能
替一个国家攀上高亢的音调。要知道
那些嘈杂并非是由细密裂隙构成的

相反，它们是弥合蛋壳的无色钙质

作为椭圆形的镜子，大剧院替我们
把天空揽入怀中，这厚大的馈赠让人惭愧
它偶尔沉默，又疯狂地期待着大雨和暴雪
只有和水在一起时，空泛的心才能获得平静
它不免自问：在我之前，世界究竟如何自处？
具体是：孩子的叫喊，保安的呵斥
以及这一切引发的四处碰壁的回声
是否被最大的嘴巴转述、最大的耳朵倾听？

我关掉手机，迈着半麻的双腿走出甬道
融进听完音乐会的人群，听他们谈论
和弦、指挥和古典音乐的来龙去脉

多少人和我一样，刚刚失去做梦的能力

只能借不断变幻的旗帜辨认时间之痕

这一刻，巨蛋第一块碎片被我拱起

没有新事物破壳而出，但历史已然完成

在北京，每天拂去身上的灰尘

江　汀

在北京，每天拂去身上的灰尘。

我回忆这一天如同历史。

白日的困境消失了。

水果的价格已经变得便宜。

秋天的萧瑟不可言喻。

灰尘变得寒凉，在人群中被推挤。

地坛围墙翻修，雍和宫黑暗一片。

但我并不是从外地回来。

空间里满是灯笼。

道路被烫过漆，像齿轮缓缓转动。

这样的生活，我从来没有经历过。

只有西山拼贴在画面底端。

此刻，它们好像蓝色大理石。

而我掂量自己心脏的轻重。

2016年9月7日

本篇选自江汀诗集《北京和灰尘》，北京出版社2020年版。

皮村献诗

胡小海

把二月盛开的桃花趁着慌乱的夜色

献给皮村的街道　高楼和匆匆人群

献给一天十八个小时营业的商店老板

献给理发店炽光灯下穿着时尚的服务员

献给下班归来一身疲惫的梦幻城乡赶路人

献给子夜时分在垃圾箱里两眼放光淘金的拾荒者

我要把一个诗人的热泪和真诚也都统统献出来

献出去年冬天旷野中荒凉的月下之冰

献出现在正在大地上挣脱出黑暗的小草

献出我那像萤火一样飘忽不定的爱情

也献出求而不得的安心　追而不得的自由

献出这季节日夜不停息来回吹刮的风

献出弥漫我整个青春期的漫长而动荡的迷雾

献出黎明的太阳在荒坡上流露过那短暂的柔情

还有那些在痛苦褴褛中显现的擦肩而过的幸福

把那些长久莫名的忧伤和永恒存折里的孤独也一并

　献出来吧

把黑夜给我的一切都一件不留地献出来

献给欲望之臀般的黑夜

献给雾霾遮蔽的星河

献给福利彩票店里一双双彻夜难眠的眼睛

献给拥抱的哭泣的将寂寞点燃出疼痛光芒的情侣

献给那些无家可归目光如炬又不语一言的单身汉

献给那些我曾住过的

戴着类似相同面具的深圳　宁波　苏州　上海　嘉兴

　和北京皮村

本篇选自师力斌、安琪主编《北漂诗篇（2018卷）》，中国言实出版社2019年版。

北漂第一年

王金明

命运揉着时间的面团，生活不断改变形状

欢乐变形，痛苦拉长，也可能相反

像河流回到上游，第一个冬天无比清晰

西山没有雪线，记忆在老城墙上打坐

胡同孤单的灰色，被卤煮的蒸汽粉刷

大街干净，鸽群的影子一次次走过

后海的冰面上，滑过蜡梅的笑声

一个人的目光里有琉璃瓦的质感和沧桑

我渴望时间加速，把新的契机存入未来

如你所知，生命是一系列偶然的叠加

是声音的断裂和光芒的轮回，是疾病和衰老

在一个早晨突然拥抱青春，残雪废弛

足迹杂乱，泥泞寻找新的经历

春天参加面试，夏天捕捉爱情

秋天剧情反转，小人物跌入隆冬

新的雪迟迟不来，下班的故宫关闭了历史

在东单地铁口，我裹了裹失望的寒衣

与一个整年分手，也许时光不该如此宝贵

地下是没有四季的道路，睡着了也可以被带到下一站

本篇选自师力斌、安琪主编《北漂诗篇（2018卷）》，中国言实出版社2019年版。

胡同里的菜市场

马志刚

胡同仍然住着一些

勤劳和不勤劳的人

周六和周日

在胡同里的小汽车很难挪出去

天蒙蒙亮

一群一群卖菜和摆摊的外地人

挤满了胡同

去年冬天

一个外地卖菜的农民

突然浑身抽筋不能起身

而一位妇女正要购买他的白菜

他半睁着眼不忘用指头数着钱

一群人围着他吆五喝六

勤劳胡同

从前一片安静

是东华门筒子河取缔了出早市的人

他们就东一处西一处地乱窜

像发现了根据地一样

渐渐地在勤劳胡同里驻扎

南北长街的人不用走太远的路买菜

偶尔有工商和城管人员来查抄

往往被胡同的老头老太围攻

我经常站在胡同口

看着一个个做买卖的外乡人

看到他们穿着被城市淘汰的衣服

就会想到乡下的兄弟姐妹和父母

勤劳胡同的居民

在胡同里穿来穿去

看着水果、蔬菜和水产品

还有过时的日用杂品

就像放牧的游民

赶着一群群牛羊

年长的老人

总是多看少买

这是西华门的南胡同

中山公园的西北侧

勤劳胡同的菜市场

像东直门的簋街

吃麻辣虾很上瘾

本篇选自师力斌、安琪主编《北漂诗篇（2018卷）》，中国言实出版社2019年版。

南锣鼓巷

谈雅丽

沸腾的人群流向了后海

盛夏的荷花开得肆无忌惮

酒吧主人画地为牢

将其圈为个人领地，少许粉红露出警惕目光

十条胡同如潜行的血管

当街门前摆卖炸酱面，冰激凌，烤羊肉牛肉鱿鱼卷

老北京酸奶美味多情

唯有紧闭四合院，尚存老北京人的自在

数名老者高唱京剧小调，旁若无人

颓废的画家摆小椅当场出卖铅笔画像

按摩师就街铺了白毛巾，展示祖传绝技

手艺人在角落演奏铁与丝绸的合奏

游泳者钻进水里，油青湖水多了动荡的水滴分子

外地口音的多是游客，穿得花枝招展

本地人穿汗衫，嗓音里有一份优越

三轮车从胡同穿越，占领这条拥挤的小街

百种技能要在南锣鼓巷开发出谋生本能

胡同酒吧里传来青年歌手的歌声

未及黄昏，大堂空无一人

他紫色的头发灼灼燃烧

空旷的嗓音，传递着巨大的寂寞

我要寻找的慢思，慢饮，慢生活

恐怕一时难以实现

直到深夜，我才看见一海水注入南锣鼓巷

那里人群刚刚散去，只剩下高高如洗的天空

本篇选自师力斌、安琪主编《北漂诗篇（2018卷）》，中国言实出版社2019年版。

北京春天

杨碧薇

被严冬紧捂口鼻的婴儿，

终于犟过头，舒了一口气。

春天，从北京城的耳垂、指尖、腰，

从它初醒的脚踝上生出枝蔓。

该青的青，该香的香；

该嫩的拉住风的衣带，任性地打秋千。

杨絮写下第一首自由的诗，

樱花把寺院红墙做镜子，

蘸上春光涂胭脂

——从车窗内往外看，

她一晃而过的侧影是一支

媚得惊心动魄的琴弓，

此刻我心口的弦恰好微微一颤。

多么久违：天空，幸福，尘世的匕首。

多么永恒：绚烂中的悲，深海里的静。

因为短暂，北京的春天才倍显珍贵：

这些魔幻的生长将魔幻地消失，

这些丰富的层次，会很快被削平。

本篇发表于《边疆文学》2018年第9期。

我们在地铁五号线上看日出

李　壮

它抬升

这严冬中赤裸的钢管

从后脑勺拥挤的裂缝中，我看见它

把横截面的盲眼

转向我

灿烂向我铺开

它在那些脸上依次贴好寻人启事——

找吧！找吧！你们

在这古老的仪式中

我们向南开，向南开……如同候鸟

却不是

为了温暖

前面就到惠新西街南口

列车开始沉入地下……

在一种黑暗中我们重获安宁

“别挤啦!”有人喊

一天开始了

本篇选自《李壮坐在桥塔上》，太白文艺出版社2022年版。

陪外祖母坐在傍晚的天安门广场

马骥文

终于陪你坐在这里。入秋的北京，
傍晚已有些寒冷。可是，我们
一直就这样坐着，沉默地看广场上的
人群和风景。出生于四十年代的你，
一生从未坐过火车，更没来过北京。
这一次，我们鼓起甜甜的勇气，
把丧夫不久的你从痛苦中救出，
经过周密安排，接你来北京游玩。
知道吗奶奶，当我和你坐在这里的
时候，我幸福如一个灿烂的战士。

有那么一刻，我已钻石般确认
这会是我一生中最伟大的成就。
我带你去了牛街、北京城西北角
我读书的校园，还有八达岭长城。
（你是爬不上长城去的，只能在山脚
等待着我们下来，默默在那里打盹。）
然后，我们就坐在这里。你穿着
灰黑的外套，晚风时不时
吹起它的一角。红的云霞
正在西边的天上丝绸般飘扬。奶奶，
你眯着眼睛观察这陌生的城市，
不苟言笑。在这几千万人的大熔炉，
你实在太与众不同，然而现在，你
也以你恰当的方式镶嵌在人群之中，

如一枚星球在种种引力间环绕出
自己独特的一轨。有外国友人和你
打招呼，你惊醒般看着他们。
故宫中的几个白人青年围着你
想要交谈，可你毕竟不会那洋气的语言。
迎面走来南亚模样的人问候你，
你就以中国的语调亲切地回复一句。
几个本国青年好奇地打量你，你却
礼貌地从不回看人家一眼。奶奶，
在这五彩斑斓的大都会，你的身影
像一匹衰老而疲惫的斑马，在北京的
街头、地铁和公共汽车上神秘地闪现。
有时，我搀扶你的臂膊就如攥紧我的血。
你虽缓慢，却兴致高昂，在这现代化的

前锋之地，你连连称赞，又连连哀叹。

几日逛游下来，你满足而失落，

再也走不动了，再也提不起好兴致。

（“回，还是我们那个地方好”）

哦，奶奶，你也遇到和我一样的

问题，可是你还有自己的好地方可回，

而我，似乎一生都将流浪，到处漂泊。

本篇发表于《芳草》2020年第2期。

背景介绍

《诗歌中的北京》第四辑收录了70后、80后和90后诗人的作品。20世纪90年代以降，随着市场经济的发展和城市化的推进，北京的经济职能逐渐增强，城市景观也发生了巨大的变化。在《鸟经》中，姜涛所缅怀的是一种前现代的心理状态，像沉浮的痴子，从追随、摇摆，到沉淀、镇静，最终完成心灵的回归，“一山一石，我还是住在/过去的沙盘里”。郤筐的《菠菜地》中，淳朴的人性无法在坚硬憋闷的水泥地里扎根，只能埋在心底，“我只好把这包绿油油的菠菜种/全都埋进了自己的身体”。席亚兵的《圆明园》记录了新居民区对于历史遗迹的改造，诗人心生迷茫：“啊，多么让人不解的事情。就好像/这里遍布着甲鱼洞，或生着一种/春季长成的历史植物，/引来许多市民到此终日搜索，/它才被顺便认出。”吕约的《冬天的老骨头》则剪辑了北京人生活的一景（老人在护城河中冬泳），“在风，河流与石头中/他得意/他是最年轻的/在被石头包围的/一群年轻的孙子中/他害羞——/他是最暖的”。

如果说北京城使诗人们躁动和迷惘，那么京郊则似乎能给人内心的安宁。在朵渔的《中秋京郊遇雨》中，诗意的想象使紧绷的心弦得到舒缓：“雨打屋檐，上青苔/入花丛，一连几个跟头/如开放的/湿裙子/我听见她们挤呀挤的/差点/笑出声来。”沈浩波的《燕山蝉鸣》描摹了京北丘陵的蝉声，“像山间溪水一样流淌”，“发出立体环绕的巨响”。伽蓝的《凤凰岭杂谈》记录了诗人攀爬凤凰岭的感受，在微风轻拂的山巅，诗人品茶、观花、赏雪，同时眺望远处的北京城，“远处一座大城隐身/在坚固的紫气里：一切都没有发生/一切已经发生”。

另一些诗人身处旋涡中心，品咂着都市/异乡生活中的苦与乐。在《移动论》中，师力斌从返回通州的旅途中获得感悟，“车比陶潜的脚快/比李白的舟也要快/错过了一万朵菊花又一万朵菊花”。在《怀柔县》中，马雁通过描摹钓鱼老头、市政工人等普通人的状态，揭示了人们内心的空虚和迷失，但她并不悲观，“不惜分裂自我的理想主义者/一年一年地种荷花，拔芍药”。《他在北京的清晨独自醒来》中，杨庆祥将读者带入一座梦的迷宫，在那里，“繁华的北京只有他一个人”。在《去国家大剧院》中，刘汀坐在大剧院地下的通道里，感受交响乐的震颤，思考着人与天地、历史之间的关系，“它偶尔沉默，又疯狂地期待着大雨和暴雪/只有和水在一起时，空泛的心才能获得平静/它不免自问：在我之前，世界究竟如何自处?”。在《在北京，每天拂去身上的灰尘》中，江汀写下快节奏的都市生活中，人如何被裹挟、被“推挤”，无所适从，每一天的生活都如灰尘一般迅速成为被遗弃物，“我回忆这一天如同历史”。

“北漂”诗人对这座城市的复杂性有着切肤的体验。胡小海的《皮村献诗》将笔触延伸向皮村的大街小巷，记录下商店老板、服务员、赶路人、拾荒者以及诗人自己的生活。诗句以“献给”和“献出”开头，复杂的情绪交织如锦，“献出弥漫我整个青春期的漫长而动荡的迷雾/献出黎明的太阳在荒坡上流露过那短暂的柔情/还有那些在痛苦褴褛中显现的擦肩而过的幸福”。王金明的《北漂第一年》是对北漂生活的细腻刻画。弥漫卤煮气息的灰色胡同，沧桑的琉璃瓦，奔流的鸽群……生动的意象群构成城市速写，融入了诗人对一年生活的理解，“命运揉着时间的面团，生活不断改变形状/欢乐变形，痛苦拉长，也可能相反”。马志刚的《胡同里的菜市场》勾勒出一幅热闹而真实的胡同市井的画卷。诗人将目光投向忙碌谋生的一群人——来自外地的菜贩，他们“穿着被城市淘汰的衣服”，朴实的诗歌语言透露着对劳动人民的敬意。而谈雅丽笔下《南锣鼓巷》描绘此地的热闹景观，“沸腾的人群流向了后海/盛夏的荷花开得肆无忌惮”，同时蕴含哲思：“我要寻找的慢思，慢饮，慢生活。”

更为年轻一代诗人对北京有着别样感受。杨碧薇的《北京春天》描绘了京城春景。嫩绿的枝叶散发清香，飞舞的杨絮与春风缠绕，樱花和红墙相映成趣……然而，春天是短暂的，“因为短暂，北京的春天才倍显珍贵：/这些魔幻的生长将魔幻地消失”。在《我们在地铁五号线上看日出》中，李壮写下了在早高峰的地铁上看日出的场景。“在这古老的仪式中/我们向南开，向南开……如同候鸟/却不是/为了温暖”，初升的阳光使沉闷、拥挤的人群感到无措，地底的黑暗却使人重获安宁，在人群的呼喊声中诗人感受到新的一天如何开始。在《陪外祖母坐在傍晚的天安门广场》中，马骥文记录了陪同外祖母游览北京的点点滴滴。在现代化、国际化的大都会里，外祖母显得与众不同，“在这五彩斑斓的大都会，你的身影/像一匹衰老而疲惫的斑马，在北京的/街头、地铁和公共汽车上神秘地闪现”。外祖母的身上承载着某种古老的象征性，诗人由此也在古老中国的乡土性与变幻北京的现代性之间展开了一场对话。关于北京的生活的书写和对话，将一直延续下去，生生不息。

——万小川

出版说明

《诗歌中的北京》所收录的多是书写北京的经典诗作，本次编辑工作秉承尊重作家的写作习惯和遣词用字风格、尊重语言文字自身发展流变规律的原则，对于已经经典化的作品不进行现代汉语的规范处理，力求最大程度保存作品的本来面貌，为读者提供一个可靠的版本。在编辑出版过程中，我们得到了作者或作者亲属的大力支持与帮助，在此一并致谢。

北京十月文艺出版社

2024年8月27日